KB040951

시와 그림 사이

나태주 컬러링 시집
시와 그림 사이

초판 1쇄 발행 2020년 9월 15일
초판 7쇄 발행 2024년 11월 4일

시 | 나태주
그림 | 일루미
펴낸이 | 金滇珉
펴낸곳 | 북로그컴퍼니
주소 | 서울시 마포구 와우산로 44(상수동), 3층
전화 | 02-738-0214
팩스 | 02-738-1030
등록 | 제2010-000174호

ISBN 979-11-90224-53-6 03810

나태주 컬러링 시집

시와 ——————— 그림 사이

나태주 쓰고
일루미 그리다

북로그컴퍼니

치유의 계절, 9월에

　내가 좋아하는 말 가운데 '시중유화 화중유시(詩中有畵 畵中有詩)'란 말이 있습니다. 이 말은 중국 송나라 때 소동파란 사람이 전대(前代)인 당나라의 시인 왕유의 시와 그림을 평한 말입니다.

　우리말로 바꾸자면 '시 속에 그림이 있고, 그림 속에 시가 있다'입니다. 그러나 나는 이 말을 다시 내 방식대로 바꾸어 말합니다.

　'시를 읽고 그림이 떠오르지 않으면 시가 아니요, 그림을 보고 시가 떠오르지 않으면 그 또한 그림이 아니다.'

　그렇습니다. 시와 그림은 형제 같은 사이입니다. 그럴뿐더러 좋은 시는 노래가 되기도 하고 글씨가 되기도 합니다. 그만큼 시와 다른 예술과의 관계가 중요하다는 말인데 특히 시와 그림과의 관계는 더욱 튼튼한 징검다리와 같습니다. 시에서 중요하게 말하는 이미지란 것이 바로 그것입니다. 그래서 또 '시는 언어로 그린 그림이다'라는 말이 있기도 합니다.

이번에 좋은 기회가 있어 컬러링 시집을 냅니다. 나의 시에서 느낌을 받아서 그린 그림과 함께 내는 시집입니다. 아주 예쁜 그림을 그려준 일루미 작가에게 감사를 드리고, 좋은 아이디어를 내주신 북로그컴퍼니의 김정민 대표님과 김나정 에디터에게 감사의 인사를 적습니다.

　사는 일이 따분하고 힘겨울 때, 시간이 남아서 조금은 지루할 때, 이 시집이 좋으신 독자분들의 손에 들려지기를 소망합니다. 이 시집의 시를 읽고 그림을 보고 또 색깔이 들어가지 않은 그림에 자기만의 색깔을 입히다 보면 이 시집에 들어 있는 시와 그림이 통째로 당신의 것이 될 것입니다.

　힘겨운 가운데서도 아름다운 당신의 인생과, 비틀거리는 가운데서도 여전히 푸르고자 애쓰는 당신의 시간에 축복을 보냅니다.

2020년 가을의 문턱에서

나태주

차례

시인의 말 4

풀꽃 / 아름다운 사람 8 / 9

새로운 별 / 능금나무 아래 12 / 13

가을이 와 / 선물 16 / 17

별들이 대신 해주고 있었다 / 생각 속에서 20 / 21

사는 일 24

안부 / 꽃잎 28 / 29

소망 / 오늘의 꽃 32 / 33

시시하고 재미없는 세상 / 부탁 36 / 37

재회 / 옆자리 40 / 41

오늘도 그대는 멀리 있다 / 한밤의 기도 44 / 45

행복 / 연인 48 / 49

바람이 붑니다 / 보고 싶어도 52 / 53

램프 / 외로움   56 / 57

세상을 사랑하는 법   60

기념일 / 축   64 / 65

별리 / 흩날리다   68 / 69

손편지 / 눈 오는 날 이 조그만 찻집   72 / 73

유리창 / 앉아서   76 / 77

따스한 손 / 눈부처   80 / 81

서점에서 / 조그만 웃음   84 / 85

그 말 / 이십 대   88 / 89

그대 떠난 자리에 / 별   92 / 93

바람 / 사랑   96 / 97

좋은 때 / 미루나무 길   100 / 101

시 / 답장   104 / 105

풀꽃

자세히 보아야
예쁘다

오래 보아야
사랑스럽다

너도 그렇다.

아름다운 사람

아름다운 사람
눈을 둘 곳이 없다
바라볼 수도 없고
그렇다고 아니 바라볼 수도 없고
그저 눈이
부시기만 한 사람.

새로운 별

마음이 살짝 기운다
왜 그럴까?
모퉁이께로 신경이 뻗는다
왜 그럴까?
그 부분에 새로운 별이 하나
생겼기 때문이다
아니다, 저편 의자에
네가 살짝 와서 앉았기 때문이다
길고 치렁한 머리칼 검은 머리칼
다만 바람에 날려
네가 손을 들어 머리칼을
쓰다듬었을 뿐인데 말이야.

능금나무 아래

한 남자가 한 여자의 손을 잡았다
한 젊은 우주가 또 한 젊은
우주의 손을 잡은 것이다

한 여자가 한 남자의 어깨에 몸을 기댔다
한 젊은 우주가 또 한 젊은
우주의 어깨에 몸을 기댄 것이다

그것은 푸르른 5월 한낮
능금꽃 꽃등을 밝힌
능금나무 아래서였다.

가을이 와

가을이 와 나뭇잎 떨어지면
나무 아래 나는
낙엽 부자

가을이 와 먹구름 몰리면
하늘 아래 나는
구름 부자

가을이 와 찬바람 불어오면
빈 들판에 나는
바람 부자

부러울 것 없네
가진 것 없어도
가난할 것 없네.

선물

둘만의 이야기가
시작된 것이다

둘만의 비밀이
쌓여가는 것이다.

별들이 대신 해주고 있었다

바람도 향기를 머금은 밤
탱자나무 가시 울타리 가에서
우리는 만났다
어둠 속에서 봉오리 진
하이얀 탱자꽃이 바르르
떨었다
우리의 가슴도 따라서
떨었다
이미 우리들이 해야 할 말을
별들이 대신 해주고 있었다.

생각 속에서

자주 만나지 못해도 우리는
생각 속에서 언제나
함께 있는 사람들

동백꽃 피고 민들레꽃 피고
줄장미꽃 피었다가 지고
단풍잎 지고
눈이 날리는 그런 날에도

조금쯤
가슴은 아프겠지만.

사는 일

오늘도 하루 잘 살았다
굽은 길은 굽게 가고
곧은 길은 곧게 가고

막판에는 나를 싣고
가기로 되어 있는 차가
제시간보다 일찍 떠나는 바람에
걷지 않아도 좋은 길을 두어 시간
땀 흘리며 걷기도 했다

그러나 그것도 나쁘지 아니했다
걷지 않아도 좋은 길을 걸었으므로
만나지 못했을 뻔했던 싱그러운
바람도 만나고 수풀 사이
빨갛게 익은 멍석딸기도 만나고
해 저문 개울가 고기비늘 찍으러 온 물총새
물총새, 쪽빛 날갯짓도 보았으므로

이제 날 저물려 한다
길바닥을 떠돌던 바람은 잠잠해지고
새들도 머리를 숲으로 돌렸다

오늘도 하루 나는 이렇게
잘 살았다.

안부

고등학교 다닐 때 한 여학생한테 혹하여 자주 우울하고 자주 서러울 때. 혼자 찾아가 서성이곤 하던 벚나무 아래. 학교 뒤뜰 안 후미진 곳. 3년 내내 말 한마디 건네지 못하고 지켜보기만 하다가 학교를 졸업하고 말았는데 지금은 모교도 없어지고 그 자리 다른 학교가 들어서고 다만 올해도 봄이 와 만개한 벚꽃들 환한 벚꽃송이 팔뚝에 매달고 멀리 나에게 악수를 청한다. 자네도 그동안 많이 변했네그려. 아직도 살아남은 것만이라도 고맙지 뭔가. 50년도 넘는 시간의 강물을 건너 오직 변하지 않은 친구 하나 나에게 눈짓으로 안부를 전한다.

꽃잎

활짝 핀 꽃나무 아래서
우리는 만나서 웃었다

눈이 꽃잎이었고
이마가 꽃잎이었고
입술이 꽃잎이었다

우리는 술을 마셨다
눈물을 글썽이기도 했다

사진을 찍고
그날 그렇게 우리는
헤어졌다

돌아와 사진을 빼보니
꽃잎만 찍혀 있었다.

소망

받고 싶은 마음보다
주고 싶은 마음이 좋은 마음이다

주고 나서 이내 잊어버리고
무엇을 또 주어야 하나
찾는 마음이 좋은 마음이다

꽃을 보고서도 저것을 가져다
주었으면 하고
구름을 만나서도 저것을 데려다
주었으면 하는

그 마음 뒤에 웃고 있는 네가
있음을 나는 모르지 않는다

언제까지고 거기 너 그렇게
웃고만 있거라
예뻐 있거라.

오늘의 꽃

웃어도 예쁘고
웃지 않아도 예쁘고
눈을 감아도 예쁘다

오늘은 네가 꽃이다.

시시하고 재미없는 세상

시시하고 재미없는 세상
그대 만나는 것이 내게는
단 하나 남은 희망이었소
그대 만남으로 새로운
슬픔이 싹트고
새로운 외로움이 얹혀진다 해도
그대 만나는 일이 내게는
마지막으로 남은 행복이었소
나에게 허락된 날이 하루뿐이라면
하루치의 희망과 행복
또 그것이 일 년뿐이라면
일 년 치의 행복과 희망
내 사랑 그대여
부디 오늘도 안녕히.

부탁

너무 멀리까지는 가지 말아라
사랑아

모습 보이는 곳까지만
목소리 들리는 곳까지만 가거라

돌아오는 길 잊을까 걱정이다
사랑아.

재회

더 예뻐졌구나
반가움에

강물을 하나 네 앞에
엎을 뻔했지 뭐냐.

옆자리

옆자리에 계신 것만으로도 나는
따뜻합니다
그대 숨소리만으로도 나는
행복합니다
굳이 이름을 말씀해주실 것도 없습니다
주소를 알려주실 필요도 없습니다
또한 그대 굳이 나의 이름을
알려 하지 마십시오
주소를 묻지 마십시오
이름 없이 주소 없이 이냥
곁에 앉아 계신 따스함만으로도
그대와 나는 가득합니다
보이지 않는
그대와 나의 가슴 울렁임만으로도
우리는 황홀합니다
그리하여 인사 없이 눈짓 없이
헤어지게 됨도
우리에겐 소중한 사랑입니다.

오늘도 그대는 멀리 있다

전화 걸면 날마다
어디 있냐고 무엇 하냐고
누구와 있냐고 또 별일 없냐고
밥은 거르지 않았는지 잠은 설치지 않았는지
묻고 또 묻는다

하기는 아침에 일어나
햇빛이 부신 걸로 보아
밤사이 별일 없긴 없었는가 보다

오늘도 그대는 멀리 있다

이제 지구 전체가 그대 몸이고 맘이다.

한밤의 기도

내가 사랑하는 사람
그가 잠에서 깨어나는 창밖에
밝고 환한 아침 햇빛을 마련해주소서

잠자리에서 일어나 창을 열고
바깥세상을 내다보는 그에게
어제까지 보이지 않던 꽃이 보였다든지
어제까지 들리지 않던 새소리가 들렸다든지
그런다면 더욱 좋겠습니다

그리하여 내가 사랑하는 사람
보일 듯 말 듯 입가에 미소를 허락하시고
그의 눈 속에 더욱 밝고 맑은 예지(叡智)를 마련하소서
그의 첫 음성이 당신을 찬미하는
마음으로 가득 차게 하여주소서

새로 맞이하는 한 날도
당신의 축복 아래 평안하게 하시고
끝없이 세상을 사랑하는 마음 또한
잊지 않게 하여주소서.

행복

저녁때
돌아갈 집이 있다는 것

힘들 때
마음속으로 생각할 사람 있다는 것

외로울 때
혼자서 부를 노래 있다는 것.

연인

잡은 손 놓지 말아요
마주친 눈 비끼지 말아요

그냥 있어요
그냥 거기 있어요

꽃들이 피어나고
새들이 노래해요

우리도 피어나요
우리도 웃어요.

바람이 붑니다

바람이 붑니다
창문이 덜컹댑니다
어느 먼 땅에서 누군가 또
나를 생각하나 봅니다

바람이 붑니다
낙엽이 굴러갑니다
어느 먼 별에서 누군가 또
나를 슬퍼하나 봅니다

춥다는 것은 내가 아직도
숨 쉬고 있다는 증거
외롭다는 것은 앞으로도 내가
혼자가 아닐 거라는 약속

바람이 붑니다
창문에 불이 켜집니다
어느 먼 하늘 밖에서 누군가 한 사람
나를 위해 기도를 챙기고 있나 봅니다.

보고 싶어도

보고 싶어도 참는다
오늘, 내일, 그리고 내일

그렇게 참아서 한 달이 되고
봄이 되고 여름 되고
가을도 된다

이제는 네가 오늘이고
내일이고 또 봄이고
여름이고 가을

아니다 하늘의 별이 너이고
나무들이 온통 너이고
길가에 피는
풀꽃 하나조차 너이다.

램프

밤마다 네 얼굴에 눈을 모으면
출렁이는 바다가 하나

밤마다 네 얼굴에 눈을 모으면
이슬을 뿜고 있는 꽃밭이 한 채

밤마다 네 얼굴에 눈을 모으면
여름날 언덕 위에
사위어지던 구름이 한 송이

아, 밤마다 나는
네 얼굴에서
사랑과 슬픔과 그리움을 배운다.

외로움

맑은 날은 먼 곳이 잘 보이고
흐린 날은 기적 소리가 잘 들렸다

하지만 나는 어떤 날에도
너 하나만 보고 싶었다.

세상을 사랑하는 법

세상의 모든 것들은
바라보아주는 사람의 것이다
바라보는 사람이 주인이다
나아가 생각해주는 사람의 것이며
사랑해주는 사람의 것이다
어느 날 한 나무를 정하여 정성껏
그 나무를 바라보라
그러면 그 나무도 당신을 바라볼 것이며
점점 당신의 것이 될 것이다
아니다, 그 나무가 당신을
사랑해주기 시작할 것이다
더 넓게 눈을 열어 강물을 바라보라
산을 바라보고 들을 바라보라
나아가 그들을 가슴에 품어보라
그러면 그 모든 것들이 당신의 것이 될 것이며
당신을 생각해주고
당신을 사랑해줄 것이다
오늘 저녁 어둠이 찾아오면
밤하늘의 별들을 우러러보라
나아가 하나의 별에게 눈을 모으고
오래 그 별을 생각해보고 그리워해보라

그러면 그 별도 당신을 바라보기 시작할 것이며
당신을 생각해줄 것이며
드디어 당신을 사랑해줄 것이다.

기념일

모름지기 하루하루를
기념일로 생각하며
살아갈 일이다
오늘은 모처럼
비가 오신 기념일
산의 나무와 풀들이 비를 맞고 신이 나서
새로이 숨을 쉬면서 손을 흔들며
내게 눈짓을 보내오지 않는가!
오늘은 비 온 기념으로 퇴근길에
나나 무스쿠리의 음반이나 하나 사고
영화나 그럴듯한 것으로 한 편 보아야겠다.

촉

무심히 지나치는
골목길

두껍고 단단한
아스팔트 각질을 비집고
솟아오르는
새싹의 촉을 본다

얼랄라
저 여리고
부드러운 것이!

한 개의 촉 끝에
지구를 들어 올리는
힘이 숨어 있다.

별리

우리 다시는 만나지 못하리

그대 꽃이 되고 풀이 되고
나무가 되어
내 앞에 있는다 해도 차마
그대 눈치채지 못하고

나 또한 구름 되고 바람 되고
천둥이 되어
그대 옆을 흐른다 해도 차마
나 알아보지 못하고

눈물은 번져
조그만 새암을 만든다
지구라는 별에서의
마지막 만남과 헤어짐

우리 다시 사람으로는 만나지 못하리.

흩날리다

벚꽃이 흐드러진
꽃길이 시작되면서
전화를 걸었는데
꽃길이 끝날 때까지
전화를 받지 않네

벚나무 아래
벚꽃이 흩날리고
내 마음도 벚꽃잎 되어
보이지 않는 너의 발밑
흩날리고 있었네.

손편지

부치지 못한 편지가 더 많아요

밤 깊도록 편지를 쓰면서
마음이 떨려서 손이 떨리고
손이 떨려서 글씨가 떨렸지요

떨리는 글씨 사이로
그대 숨결이 흐르고
그대 웃음 그대 눈빛 스쳤지요

찢어버린 종이가 더 많아요.

눈 오는 날 이 조그만 찻집

눈 오는 날 이 조그만 찻집
따뜻한 난롯가에서 다시 만납시다
언제쯤 지켜질지 모르지만, 그 언약
언제쯤 잊혀질지 모르지만, 그 언약.

유리창

이제
떠나갈 것은 떠나게 하고
남을 것은 남게 하자

혼자서 맞이하는 저녁과
혼자서 바라보는 들판을
두려워하지 말자

아, 그렇다
할 수만 있다면
나뭇잎 떨어진 빈 나뭇가지에
까마귀 한 마리라도 불러
가슴속에 기르자

이제
지나온 그림자를 지우지 못해 안달하지도 말고
다가올 날의 해짧음을 아쉬워하지도 말자.

앉아서

서 있을 때 보이지 않던
구름이 자리에
앉았더니 보이기 시작한다

구름만 보이는 게 아니라
바람의 손도 보이고
바람이 만지고 가는
구름의 속살까지도
은근슬쩍 보인다

거기 서 있는 나무가 저렇게
높을 줄이야
내가 또 그렇게 키가
작을 줄이야.

따스한 손

날씨 많이
추워졌다
네 손을 쥐어다오

머플러가 아니고
양말이 아니고
장갑이 아니다

바람까지
많이 쌀쌀해졌다
따스한 손을 좀 잡자

나에게는 이제
네 손이 머플러이고
양말이고 또 장갑이란다.

눈부처

내 눈 속에 네가 있고
네 눈 속에 내가 있다

호수가 산을 품고
산이 또 호수를 기르듯

네 맘속에 내가 살고
내 맘속에 네가 산다.

서점에서

서점에 들어가면
나무숲에 들어간 것같이
마음이 편안해진다

어딘가 새소리가 들리고
개울 물소리가 다가오고
흰 구름의 그림자가
어른거리는 것 같다

아닌 게 아니라
서점의 책들은 모두가
숲에서 온 친구들이다

서가 사이를 서성이는 것은
나무와 나무 사이를 서성이는 것
책을 넘기는 것은
나무의 속살을 잠시 들여다보는 것

오늘도 나는
숲속 길을 멀리 걸었고
나무들과 어울려 잘 놀았다.

조그만 웃음

너무 예쁘게 웃지 마라
그렇게 예쁘게 웃으면
네가 꽃이 된다

너무 예쁘게 손짓하지 마라
그렇게 예쁘게 손짓하면
네가 새가 된다

나는 네가 아주
꽃이 되는 것보다
새가 되어
날아가버리는 것보다

이대로 내 앞에
있는 것이 좋다
더 오래 더 예쁘게 조그맣게.

그 말

보고 싶었다
많이 생각이 났다

그러면서도 끝까지
남겨두는 말은
사랑한다
너를 사랑한다

입 속에 남아서 그 말
꽃이 되고
향기가 되고
노래가 되기를 바란다.

이십 대

초저녁 늦겨울 으스름 달밤

대숲에 스륵 스르륵,
눈송이 내려앉는 소리
댓잎을 스쳐 대숲의
깊은 곳으로 내려앉는 소리

그런 소리 하나에도 가슴속에선
밤마다 새빨간 동백꽃 한 송이씩
혼자 폈다가 지곤 했었다.

그대 떠난 자리에

그대 떠난 자리에 혼자 남아

그대를 지킨다

그대의 자취

그대의 숨결

그대의 추억

그대가 남긴 산을 지키고

그대가 없는 들을 지키고

그대가 바라보던 강물에 하늘에

흰 구름을 지킨다

그러면서 혼자서 변해간다

나도 모르게 조금씩

그대도 모르게 조금씩.

별

다만 내가 외로웠을 때
혼자였을 때
네가 보였을 뿐이다

다만 내가 그리웠을 때
울고 있을 때
별을 떠올렸을 뿐이다

그래서 너는 오랫동안
나의 별이 되었던 것이다.

바람

　나는 몸이 없고 형체도 없어요. 당신 곁에 오래 머물 수도 없고 당신과 함께 살 수도 없어요. 그렇지만 당신을 사랑해요. 그건 당신도 알 거예요.

　나는 손도 없고 발도 없어요. 당신과 정답게 볼을 부빌 수도 없고 당신과 어깨 기대어 마주 설 수도 없어요. 그렇지만 당신을 만질 수는 있어요. 그건 당신도 느낄 거예요.

　나의 몸은 다만 자취. 나의 마음은 다만 흐느낌. 자취와 흐느낌만으로 당신을 그리워해요. 당신을 사랑해요. 그건 앞으로도 오래 그럴 거예요.

사랑

생각만 해도 봄이 되고
가까이만 가도 꽃이 피고
어쩌나!
안기만 해도 바다가 된단다.

좋은 때

언제가 좋은 때냐고
누군가 묻는다면
지금이 좋은 때라고
대답하겠다

언제나 지금은
바람이 불거나
눈비가 오거나 흐리거나
햇빛이 쨍한 날 가운데 한 날

언제나 지금은
꽃이 피거나
꽃이 지거나
새가 우는 날 가운데 한 날

더구나 내 앞에
웃고 있는 사람 하나
네가 있지 않느냐.

미루나무 길

여름날 한낮이었지요
그대와 둘이서 길을 걸었지요
그대는 양산을 받고 나는 빈손으로

햇빛이 따가우니 그대
양산 밑으로 들어오라 그랬지만
끝내 나는 양산 밑으로
들어가지 않았지요

그렇게 먼 길을 걸었지요
별로 말도 없었지요
이런 모습을 줄지어 선
미루나무들이 보고 있었지요

그런 뒤론 우리들 마음속에도
미루나무 줄지어 선 길이 생기고
우리들도 미루나무 두 그루가 되었지요
오래오래 그렇게 되어버렸지요.

시

세상에 보내는
러브레터

처음엔
한 사람을 위해 썼지만

이제는
많은 사람을 위해서 쓰는.

답장

편지 쓰는 것은 꼭
답장을 받기 위해
쓰는 것만은 아닙니다
어쩌면
편지 쓰는 것 자체로써
보답을 받은 것인지
모릅니다.